Cet ouvrage a été imprimé sur un papier
issu de forêts gérées durablement
et de sources contrôlées.

PEFC
PEFC/10-31-1093

IMPRIM'VERT
Votre imprimeur agit pour l'environnement

Une première version de cette histoire
a paru dans *Les récrés d'Agathe*.

ISBN 978-2-7002-3563-0

Loi n° 49-956 du 16-07-1949 sur les publications destinées à la jeunesse.

Les récrés d'Agathe

Texte de Pakita
Images de J.-P. Chabot

Nos inventions géniales du mardi

RAGEOT • ÉDITEUR

Vous savez quoi ? J'adore les **récrés !**

La récré du **lundi,** du **mardi,** du **jeudi,** du **vendredi,** toutes les **récrés !**

On **court,**
on **joue,**
on **bavarde,**
on **chante,**
on **crie,**
on **rigole,**
on **ploufe,**
on **tope,**
on **se dispute,**
on **perd,** on **gagne,**
on **fait la paix,**

on **invente**
même des
jeux...
Il faut
que je vous
raconte !

Mardi

Aujourd'hui, c'est mardi et on a passé une super récré grâce à Guillaume ! Ce matin il nous a dit :

– Les amis, j'ai une idée, on va faire une récré spéciale GRAINE D'IMAGINATION !

On s'est regardés sans comprendre. Guillaume est le poète de la classe, mais pas nous !

– Je vous explique, a repris Guillaume. Quand quelqu'un dit : « GRAINE D'IMAGINATION ! » il doit inventer un **jeu.** On y joue et si quelqu'un a une idée pour transformer le **jeu,** il dit à son tour : « GRAINE D'IMAGINATION ! » Comme ça, on ne s'arrête jamais de **jouer,** d'accord ?

– D'accord ! on a crié.

Pauvre maîtresse ! Pour elle, le matin a mal commencé. Personne ne l'écoutait. On faisait tous pousser notre GRAINE D'IMAGINATION pour trouver des idées de **jeux.**

J'étais en train de fabriquer dans ma tête les règles d'une **course-poursuite** quand je me suis tournée vers la fenêtre. Oh non ! Il pleuvait. Impossible d'aller dans la cour !

Du coup, on a tous atterri… sous le préau.

– C'est pas grave ! a déclaré Guillaume, on va inventer des **jeux** calmes. Qui commence ?

J'ai dit sans réfléchir :

– GRAINE D'IMAGINATION !

Oups ! Vite, VITE, il fallait que je trouve une idée !

Je ne sais pas comment ça m'est venu mais j'ai déclaré :

– Grand concours de **grimaces !** On se met en rond, je fais une **grimace,** sans les mains, comme ça... Après je me tourne vers mon voisin, qui doit copier ma **grimace**, puis la transformer en tournant la tête vers son voisin et ainsi de suite.

Quand son tour est arrivé, Louise s'est écriée :

– À moi, GRAINE D'IMAGINATION ! On ressemble vraiment à des monstres horribles affreux alors je propose de jouer à... la baguette pétrifiante ! Vous êtes les monstres. Je suis la fée. Je vous touche avec ma baguette et vous tombez au ralenti, d'accord ?

Touché ! On tombait par terre au ralenti en tordant la bouche, en roulant des yeux… C’était trop drôle et pourtant il ne fallait pas rire, sans ça on était éliminé du **jeu.**

– GRAINE D'IMAGINATION !

C'était au tour de Nicolas.

– On dirait qu'on ne serait plus des **monstres** mais que, comme on est par terre, on se transformerait en **étoile géante.** On doit tous se toucher à un endroit : la main, le pied, la tête… Attention, c'est parti !

Wouah ! En une minute, on est devenus une immense **étoile.** Surtout quand, surprise, les élèves de madame Pikili sont venus s'ajouter à nous, puis les grands !

Résultat : on débordait dans la cour et la pluie tombait sur nous.

Alors vite…

– **GRAINE D'IMAGINATION !** Vous êtes prêts pour le naufrage du **bateau pirate ?**

C'était Thomas, le **pirate** de la classe, qui venait de se redresser.

– Je suis le grand capitaine du **bateau !** Charles, viens t'asseoir derrière moi, jambes écartées et mains sur mes épaules.

Et avec toute la classe, on a formé le plus long **bateau** du monde…

– Un **requin géant** à l'horizon. Vite ! Ramons ! a crié Thomas.

On a ramé en hurlant :

– On est les **gros pirates.** Les forts, les têtes à claques. Horribles et menaçants. On est les affreux méchants !

Puis Thomas a crié :

– **Tempête à l'horizon !** Accrochez-vous, moussaillons !

On s'est tous accrochés, on tanguait, on virait sans se lâcher. Une **VAGUE** énorme est arrivée et on s'est renversés. Aïe ! Ouille ! Aïe !

– GRAINE D'IMAGINATION ! a dit Enzo. On serait sur une île où se trouve un trésor. Cherchons-le ensemble !

Wouah l'aventure ! On a sauté par-dessus la **rivière aux crocodiles,** on a franchi des **orties ultra-piquantes.**

Soudain Marion a hurlé :

– Au secours ! Je vois des scrabouilles à dents de lion.

Alors on a plongé dans un tunnel.

Au milieu du tunnel, il y avait plein de **champignons gluants.**

Berk ! On a fermé les yeux, on a avancé en tâtonnant. Et puis ouf ! On a enfin vu de la lumière.

Mais à peine sortis, horreur ! Une **montagne de glace** s'est dressée devant nous.

On grimpait, on glissait, on grimpait, on glissait... C'était **é-pui-sant.**

Arrivé au sommet, Maxime a crié :

– Moi, j'ai FAIM !

– J’ai une idée ! a déclaré Sarah. On joue à **touillons, touillons le bon bouillon.** On dit que, sur l’île, il y a un grand **chaudron,** chacun y met ce qu’il veut.

– Je mets dans le **chaudron** un litre de bave d’escargot séchée, a commencé Zizette.

Et tout le monde a touillé en chantant :

– Touillons, touillons le bon bouillon.

– Je mets dans le **chaudron** 3 cuillers de verrues plantaires !

– Touillons, touillons le bon bouillon.

– Je mets dans le chaudron du caca de crapaud baveux.

– Du jus de fourmipipi.

– Des bonbons à la chauve-souris…

La rigolade ! C'était à celui qui trouverait l'ingrédient le plus extraordinaire et, à la fin, on inventait des mots !

Inès a commencé :

– Je mets dans le **chaudron** du zinzin de zababouin.

– Je mets dans le schdong des perles de schmirtz à schmourtz, a hurlé Mathieu.

– Et des **mirettes de schmourtz à schmirtz**, a dit Léonard.

Soudain, Thomas s'est exclamé :

– J'ai trouvé le trésor !

Alors Charles a sorti son épée de chevalier (enfin, pour de faux !) et il a dit :

– Non c'est moi !

– GRAINE D'IMAGINATION ! a crié Audrey. Je déclare la fausse bagarre.

La fausse bagarre, c'est facile. On est face à face. Il y en a un qui fait semblant de donner un coup de poing, une claque ou un coup de pied et l'autre qui fait semblant de le recevoir en rentrant son ventre, en se tenant la cuisse et en grimaçant de douleur.

Bien sûr, au début, il faut décider qui donne (pour de faux) le premier **coup** et après, c'est chacun son tour.

Pif ! Paf ! Boum ! (On imite aussi les bruits.) J'adore la **fausse bagarre.** On imagine qu'on fait du théâtre ou du cinéma.

Enfin j'aime bien sauf quand Mathieu, le monsieur Muscles de la classe, oublie que c'est de la fausse bagarre et donne un vrai coup de poing à… Jade qui se met à pleurer.

Pauvre Jade !

– GRAINE D'IMAGINATION ! a dit Marine. On se bagarre pour un trésor qui n'existe même pas. Alors je propose qu'on joue à Trouve ce qui manque. Je vous explique. On va tous chercher un trésor dans nos poches : une **bille,** une **barrette,** un **papier de bonbon...** On le pose au centre de ce cercle, on dit que c'est notre coffre.

Elle a tracé un cercle par terre avant de continuer :

– Puis on se concentre pour apprendre par cœur tous les objets qui forment notre trésor. On ferme les yeux. Moi, j'enlève un des trésors du cercle et vous devez trouver lequel j'ai enlevé. C'est parti !

Le nouveau jeu de Marine était vraiment génial. C'est Thomas qui a gagné et crié :

– GRAINE D'IMAGINATION ! Regardez, là, sous le banc du préau, je vois une boîte en carton. Je vais mettre les objets dedans et on va jouer au gardien du trésor.

– Thomas, on dit que c'est toi le gardien du trésor et nous, sans faire de bruit, au ralenti, on essaie de te le voler. Tu dois fermer tes yeux et compter. Dès que tu entends du bruit, tu tends le doigt vers l'endroit d'où il vient et le voleur retourne au fond du préau. Celui qui réussit à s'emparer du trésor devient le gardien! D'accord?

– Non, pas d'accord ! Il y a beaucoup de bruit sous le préau, le **gardien** n'entendra jamais le voleur arriver.

Oups ! Marine avait raison.

– Attention ! a crié Guillaume, c'est parti ! **GRAINE D'IMAGINATION !**

– Euh… des **mots-vitesse,** a dit Manon. Il faut dire des phrases le plus vite possible. Par exemple :

Quatre pirates
patraques
ratent
l'attaque
d'une barque.

Quatre pirates patraques
ratent l'attaque d'une barque.
Quatre pirates patraques
ratent l'attaque
d'une barque.

Quatre pirates
patraques...

Hi hi hi ! On a fait de la vraie PURÉE de mots.

Plus on parlait vite, plus les mots s'embrouillaient dans notre bouche.

C'était encore pire quand on a décidé de faire des **mots-vitesse** avec :

Petit pot de beurre !
Quand te
dépetitpotdebeurreras-tu ?
Je me dépetitpotdebeurrerai
quand tous les petits pots
de beurre se
dépetitpotdebeurreront !

On sautait, on criait et on claquait les « p » tellement fort que Coralie s'est fâchée après Aziz.

– Tu m'envoies plein de postillons dans la figure, c'est dégoûtant. Arrête tout de suite !

– Stooooop ! a dit Paul. On ne s'énerve pas. GRAINE D'IMAGINATION ! On joue à **tu chauffes, tu refroidis.** J'ai caché quelque chose, trouvez ce que c'est. Quand je dis : **tu chauffes,** vous êtes tout près, quand je dis : **tu refroidis,** vous vous éloignez. On commence.

– Est-ce que c'est un jouet ? Est-ce que ça se mange ? Est-ce que…

– J'ai trouvé ! s'est exclamé Charles.

– Déjà ? Pas possible ! on a crié.

– Il fallait juste bien observer, il a continué. Regardez ! Paul n'a plus son **foulard,** c'est moi qui l'ai. Et en plus je dis GRAINE D'IMAGINATION ! Je propose qu'on joue à un **jeu** calme, d'accord ?

On a tous répondu oui.

– On va jouer au **miroir.** Il y en a un qui joue le **miroir** et l'autre qui se regarde dedans. Celui qui se regarde fait des gestes lentement, et celui qui est le **miroir** imite ses gestes. Attention ! Il faut tout le temps se regarder dans les yeux.

On aurait cru qu'on dansait au ralenti.

On était si calmes et si concentrés qu'on a tous sursauté quand on a compris que la récré était finie. Alors on a chuchoté :

– GRAINE D'IMAGINATION ! Envole-toi !

Et on a soufflé sur la GRAINE D'IMAGINATION ! pour qu'elle s'envole vers les nuages...

– À la récré prochaine, les amis !

L'auteur

Pakita aime tous les enfants ! Les petits, les gros, les grands, avec des yeux bleus, verts ou jaunes, avec la peau noire, rouge, orange, qui marchent ou qui roulent, et même ceux qui bêtisent !
Pour eux, elle se transforme en fée rousse à lunettes, elle joue, elle chante, elle écrit des histoires et des chansons pour les CD, les livres ou pour le dessin animé.

L'illustrateur

Jean-Philippe Chabot est né à Chartres en 1966. Avant d'entrer à l'école il dessinait déjà. À l'école, il dessinait encore. Puis il a choisi de faire des études de... dessin. Et maintenant, son travail c'est illustrer des albums et des romans.
Il est très heureux de dessiner tous les jours et parfois même la nuit mais toujours en musique.

Les récrés d'Agathe

48 pages - 5,50 euros

Nos jeux préférés du lundi

On invente
des jeux de plein air
pour passer
une récré géniale.

Nos inventions géniales du mardi

Aujourd'hui
récré calme
spéciale graine
d'imagination !

Nos animaux rigolos
du jeudi

On s'amuse
en jouant
à l'école
des animaux.

Mon secret
du vendredi

Devinez
ce que j'ai trouvé
en jouant à maxi
cache-cache ?

Les récrés d'Agathe

Toute la série
L'école d'Agathe
sur www.rageot.fr

Achevé d'imprimer en France en juillet 2011
par I.M.E. - 25110 Baume-les-Dames
Dépôt légal : août 2011
N° d'édition : 5399 - 01